KB147153

푸른
시인선
004

기차는 서쪽으로 간다

이경석 시집

 푸른사상
PRUNSASANG

기차는 서쪽으로 간다

꿈속에서도 꿈을 꾸고
외롭고 고독하지 않은 삶은 어리석거나
서글픔이라고 여겼다.
머물지 못하는 시간에게
떠나가는 모든 형상에게
적멸은 아름다움이라 말해줬다.
그래서 누워 있는 의식에게는
일어서라고 다그쳤다.

진정한 나를 찾고자 하였으나
매번 미끄러지고 헛방이었다.
그러는 사이 나의 분신들은 길가를 방황하고
나이 먹어 시들어갔다.
잘 빚어내지 못한 그들의 자태이지만
그들도 나의 자식이기에 이제
조그만 집 하나 지어주려 한다.

2015년 11월
아차산 자락을 바라보며

| 차례 |

제2부   화석이 된 노래

제3부 내 속에 있는 것들아

제4부 보리암에서 원산에게 묻다

제 1 부

시간이 바람 속에서 졸고 있다

정선장엔 감자가 없다

정선장에 감자가 없어졌다
오뉴월 해가 뉘엿뉘엿 중천을 지나고 있는데
이곳 정선에선 꼭 봐야 할 감자가 없다
정선에 감자가 없다는 말을 하는 내가
수상해지며 서 있는 누리마루

내가 봐야 하는 감자는 어디에 있는 것인가
정선 고을에 꼭 감자가 있어야 하는 것은 아니었는데
나는 정선장에는 감자가 있어야 된다고 생각했다
그것이 끝남이 아니고 진행이기에
오후 시간에 서 있는 나는 길을 잃고 어지럽다
이젠 다시 어디에서 감자를 찾아야 할까
설혹 어디에서 그를 만난다 해도 그가
정선장에 있었던 감자였느냐 물어야 할까 아니면
그대로 지나쳐야 할까

해가 지는데
발걸음은 느려지고 의식은 빨라지고 있다

서낭나무

약속처럼 너를 눈 짓무르게 바라보았던 나는
오직 너를 신이라 말해야 했다
인간의 굴레와 가장 가까운 경계에 서 있는 너는
침묵하는 것이 기다리는 것이라고 말해줬다
언덕 너머를 가보지 못한 작은 나는
일편으로만 향방을 정해놓고 가슴을 짓찧는 일이
얼마나 고약스런 집념이었는지
여러 밤을 푸른 달빛에 독을 타서 마셔도
쉬이 숨을 놓지 못하는 나는
늘 새벽이 오기 전에 취해 네 곁에 누워버렸다

무딘 이빨을 드러내고 빗장을 걸어야 하는 너는
온 동네 숱한 기억들을 옆구리 비늘로 매달고
구부정한 네 몸에도 봄 돋아 물이 흐르는데
오늘 너를 만나 뿌연 시절 꺼내달라 물으면
돌아보지 않는 것도 기다림이라고 말하는 너는

집으로 돌아오다

꿈속에서 일어나는 일도 인연이 있는 것일까
젖은 철학의 무게가 바람에 흩어질수록
쉽게 시작하는 일과 쉽게 하는 끝은
쉬움과 어려움으로 인하여
시작과 끝이 다른 것인지 의문을 가져왔다
가는 길과 오는 길이 다르다 함은
무언으로는 표현할 수 있는 것인가
행과 행치 않음의 근본은 무엇인가
또한 그것에 붙어 있거나 서성임은 무엇인가
가슴에 가득 담았던 꿈 이야기는
화엄경 속에만 본래 있었던 것이었는지
집으로 돌아와 앉아 가슴을 쪼개어 되짚는다
꿈속에 꿈은 먹다가 만 음식 부스러기일 뿐
한 자락 바람에 실려 훌훌 흩어지고 있다

꿈

오래전에 출발선을 떠난 꿈은
이번 곡우에도 썩지 못하는가 보다
부화의 몸짓을 하거나 또는
하늘을 나는 비상은 더욱더 아니었다
파란 안개 속을 맴돌다가
다만 제자리에 안도하는 반복
그때마다 소멸을 하나씩 붙여나갔다
꿈은 이번에도 연기처럼 자욱하다

누운 의식

기억이 입 밖으로 쏟아져 나온다
하지만 터져 오르는 함성은 이내 포박되고 만다
치솟아 올랐던 분노는 맹물이 되어 심심하고
진한 아픔으로 흐르던 눈물은 증발되어
소금으로만 남았다
지금은 저 아래 침묵에서 떠올라야 하는 시간인데
깨어나야지 일어나야지
오로지 그는 누워 있는 의식을 믿으려 한다
누운 시간은 그래도 사랑할 수 있다고
의식은 아직 누워서 제식의 상을 차릴 뿐이다
깨어 있다는 것으로 살아 있다는 것으로

춘천에서 길을 잃다

하루하루 떠나는 날들만 있었다
기억은 항상 그곳을 통해서만 있을 뿐
내 의식이 가고자 하는 곳은
거기가 아니었음에도
발길은 늘 춘천으로 향해 가고 있었다
그곳에서 더는 어디로 갔다는
또는 어디를 지나쳤다는 흔적은 없었다
그런데도 그곳에서 다시 돌아온 기억이
전혀 없는 것이다

오늘도 나는 청량리역에서 기차를 탄다
혹은 이름 없는 간이역 갈매에서
비가 내리거나 별이 뜨거나
이렇게 날마다 떠나야 하는
그곳으로 가는 시간만이 있는지라
가끔은 하늘을 올려다보는 것
떠나는 날들이 끝난 어느 첫 밤에는
별이 하나 새로 뜨고
나는 그곳에서 또 길을 잃을 것이다

그림자 물속에 빠지다

그림자가 물속에 빠졌다
물 위를 걷던 그림자가 물속에 빠져버렸다
물 위를 걷는 시간이 많아지고
그래서 여유가 생겨났다고 하는 순간일 때
제대로 서둘러야 했다
해는 중천에서 여유를 부리지만
벌써 그림자조차 물속에 빠지는 시간이다
출렁거리는 물 위를 한가로이 걸어 다니다가
드디어 그림자가 물속에 빠졌다
그림자가 물속에 빠져버렸다

시간이 바람 속에서 졸고 있다

시간이 바람 속에서 졸고 있다
다 영근 풀씨들은 다 익은 언어에 업혀 있고
한 소식 닿은 만물들은 그간 써먹었던 이력서를 바람에
훌훌 던져버리고 있다
이젠 이기심도 필요 없고 그래서 간이 안 된 음식처럼
심심한 이야기를 모두 편지로 쓴다
수취인이 없어 읽는 이도 정해지지 않았지만
누군가를 위해 가을은 형식처럼 편지를 쓴다
백지 같은 의미 없는 하얀 낱말이라도
길가에 서 있는 붉은 우체통에 봉한 편지를 넣고는
각인도 지워지는 무중력 느낌으로
시간이 바람 속에서 졸고 있다

머무르지 않았다

모두 머무르지 않았다
존재를 느끼는 순간
흘러가거나
떠나갔다
시간이 그러하고
공간이 그러하고
형상들이 또한 그러했다

기억만 할 뿐이다
물론
그도 머무르지 않겠지만

시인의 눈

시인의 눈에 세상이 제대로 보이기는
참 드문 일이지

하루가 마른 연적처럼
부침 없이 지나가버릴 때
마른 햇살은
찰랑찰랑 비치고만 있는 것
모든 형상이
딱딱한 호두 껍데기같이 무료할 때
흔한 이름 하나 부여받지 못한 풀포기마다
한 조각 바람이 일면
붉은 저녁놀은 깜박
살신하는 촛불처럼 타오르고
비로소 기다린 아침 새소리가
청량하다 느껴지는 것
세상 일이 해 뜨는 바다처럼 잔잔하다면
누가 뭐라 해도 썩 좋으련만
하지만 시인이여
이럴 때 삶이 시가 되는 것이니

조금은 쉬어 가시렴
번잡한 욕계 색계 무색계 모두 다 던지고
조금만 쉬어 가시렴
그러다 문득 파란 하늘이 하나쯤 보이지 않겠는가

시인의 눈에 세상이 제대로 보이기는
참 힘든 일이지

기차는 서쪽으로 간다

기차는 서쪽으로 간다
늘 그렇게 지나갔다
기차는 강변으로 난 길만을 따라 서쪽으로 간다
그럴 때면
지난 시간을 들고 기차를 타야 한다

기차 안은
여기저기 흑백을 간직한 채
사람들이 서 있다
오늘도 기차는 떠나는 사람들만 타고 있다
강물이 보이는 높은 간이역에는
그 사람들이 없지만
떠나는 사람들의 옆모습은
옛 그들처럼 창백하다

굴을 벗어난 기차는
강 안개 속으로 들어서고 있다
이번에도 기차는 그렇게 가려나 보다
이젠 돌아오는 사람들이 가득한

그래서 강을 거슬러 오르는 기차를 타야 하는데
지금도
내가 탄 기차는 서쪽으로 간다

광화문 하루

그날
광화문 광장은 잠시 골목처럼 고요하고 한적했다
급기야 절박한 눈빛과 어찌할 수 없는 눈빛이 맞부딪쳤다
순간, 버스 안은
나른함에 빠진 승객들이 졸고 있을 뿐이다
잔혹한 기운을 몸 밖으로 모두 발산하였다 해도
모든 적개심이 사라지는 것은 아니었다
양쪽 함성으로 공중으로 떠오르는 아득한 느낌이 들었다
연민은 부서지는 칼날이 되는 것인가
의식은 쓰러진 고목처럼 관망자일 뿐이었다
그 하루는 잠재 속에 있던 수라로 든 것이다

낮달

어정쩡한 존재다

허멀건 대낮에 머리 풀고 있는 너는

공평하다 말하는 백일과 부딪치는 일상의 소리들은

너에 대한 흥미도 자태도 먹어버렸다

태생이 낮을 위함이 아니거늘

침묵은 소리를 말하고 시간은 공간에 머물렀다

낮과 밤만이 존재하는 한 자리에서

멀리인 양 형이상학을 말하진 마라

아직 그곳에 있는 것이냐

낮에도 밤에도 머물지 못하는 너는

동행

멀리 있다가도
선득 다가와 서 있는 그는
어스름한 꽃의 절정처럼
가끔은 사월의 모습으로 찬란했다
펴치 못한 동행을 의식하는
순간, 찰나마다
새김질처럼 느껴야 하는 나락
길은 부스럼을 피워냈다

강가에서

해 지는 강가 물끄러미 한 남자가 서 있다
사월을 담아 흐르는 강물 위로 시선이
가슴으론 채 풀지 못한 기억들이 흘러들었다

흘러감이란
아수라를 벗어나는 시작이라기에
비로소 그는
모든 걸 용서하는 독백을 한다

소리 내지 못한 그리움을 용서하자
서둘러 가버린 기다림도 용서하자
붉은 옷을 입은 석양마저 용서하자

파도 소리

그를 만나고자 미친 듯 뛰어 남애리에 왔다
막상 여기서는 물끄러미 바라만 본다
그냥 쳐다보고 있기가 어색해서
고개 숙여 모래를 헤집고는 먼 수평선을 본다
올 때마다 혼자 앉아 있던 바위는
오늘은 하늘에서 떠내려온 노인 같다
파도는 무엇이 노여워 종일 저리 떠드는 것일까
가슴 가득 분을 안고 이곳으로 달려왔건만
분노를 터트리는 그의 소리에 숙연하다
박꽃 미소를 띠던 그에게 위로받고자 하였으나
지금 그의 격한 감정을 달래느라
가져온 소주병을 하나둘 부어주고 있다

길이 없는 길

끌어안고자 하는 형상은
매번 미끄러져 나갔다
나의 길들은 항상 그 자리에 있었으나
의식보다 늘 빨리 지나갔다
길이 없는 길에서 시간은
언제나 좌에서 우로만 걸어갔다

가면

벗어버려도 좋으련만 지금쯤은
어설픈 변명 한마디 듣지 못했더라도
모두 벗어버렸으면 좋으련만 지금쯤은
그리고
나를 가만히 보듬어 안아줘도 좋을 시간인데

기억조차 역겨워 고개를 숙이던
그 많던 여름밤들은
오늘은 너무 많이 지나온 거리

꽃이 피던 날, 별이 많던 밤들
다시 한 번 그와 마주한 공간에서조차
그와의 기억은 무의식이고 무표정이었지
오직 여유롭고 늠름한 표정을 가진
흑백의 가면만이 말을 하고 있을 뿐
그것이 내가 쌓아 올린 성이었고
내가 숨을 수 있는 은신처였지

이젠 벗어도 좋으련만

설혹 오후 해가 짧아졌다 해도

말라빠진 가면일랑 벗어던져도 좋으련만

차라리 바닥을 드러내고 누운 강물처럼

무척이나 아프다고 아팠었다고

허공에다 소리 한번 크게 지르고 나서

고단한 나를 감싸안아주면

참 좋을 시간인데

기다림 뒤에

길이 쓰러져 있다

서른이 지나면 그 나머지는 쭉정이 시간이라고

거들먹거리던 계절처럼 어둠이 내리면

어둠 속에서도 또 한 번 석양이 내린다

그러면 조바심에 빠진 서툰 시간은

하나둘 나타나는 분홍 별빛과 기꺼이 간통을 시작했지

그 후, 어여삐 새벽이 온들 무엇하랴

어렵게 만들어 스스로 부숴버리던

옛 강가 두꺼비 모래집처럼

숨죽여 기다림의 노래를 불렀건만

내 기다림은 이미 지쳐버리고

보라색 기억들이 기적 소리 하나 남기고 흩어지면

나의 날들은 쓰러진 길에 기대어

잠들어버렸는걸

하판리에서

그날, 하얀 별빛이
나에게 도착한 건 늦가을 밤이었다

밤은 술 취한 강물처럼 출렁거렸는데
늘 운악산 꼭대기에만 내리던 별 하나가
서슴없이 밑으로 내려왔다

천근만근 눌리는 내 가슴에는
산사 현등의 새벽 예불 소리와
구절초 같은 풀벌레 울음소리 그리고
절벽 아래로 마냥 추락하는 소리들을 내었다

기습처럼 찬란하며 깊고 어두운 밤을
귀밑머리 주위에서 일생을 맴돌던
어느 오월의 첫 키스 기억처럼
별 하나는 긴 몸짓으로 밝히고 있었다

그 밤은
침묵하는 바위들을 시뻘건 감정으로 펄떡이게 하고는
쏜살같이 아침을 맞이했다

제 2부

화석이 된 노래

빨간 우체통 옆에 서서

소라 껍데기 닮은 빨간 우체통 옆에 서서 엽서를 쓴다
그러다 문득, 왜 이 우체통은 빨간색이며
얼마나 오랫동안 지나가는 사람들을 바라보았을까
라는 그리고 홀로 외로울 거라는 생각을 한다
사람들이 다녀간 흔적들은 먼지에 덮여 사라지고
그 위로 다시 서푸른 시간이 겹겹이 쌓여가고 있다
머물지 못한 공간은 역시 지금도 머물지 못하는데
나는 우체통 옆에 선 채, 엽서 위에다 그림을 그린다
오랜 기다림에 젖은 이름과 기억 속에 숨은 형상들과
여름밤에 잘 어울리는 한권이*의 기타 소리와 그 옆
강변으로 이슬비처럼 내리던 별빛을 그려 넣었다
오늘, 여기 빨간 우체통에 한 장 이 엽서를 넣으면
그때처럼 맑게 단장한 그네들이 마당으로 돌아오리라
흙내음 깨우는 비가 내릴 때마다 나를 찾았던 그들은
단 한 번도 거부치 않던 몸짓으로 내게 오리니
그날, 나는 그들에게 말해야 한다
왜 길가 우체통이 빨간색이며, 왜 혼자 서 있는가를

* 기타리스트

화석이 된 노래

라일락 향이 가득한 봄이었습니다
며칠 밤을 새워 쓴 연두색 편지 한 통 들고
또래의 여자아이 집으로 갔습니다
물방울무늬 바지를 입은 그 애는
도대체 이유가 안 되는 이유를 대며
간곡하게 나를 외면하는 것이었습니다
홍역 같은 열병으로 그해 여름과 가을을 보내고
드디어 첫눈이 내리는 날이었는데
그 애가 대문 앞에 눈사람이 되어 서 있었습니다
그렇게 시작된 우리의 사랑 놀음은
지침을 모르고 몇 해를 거듭했습니다
영원히 그런 날들만 있는 줄 알았습니다
그러던 날에, 유난스러운 입영 전야를 치르고
잠시 헤어짐이라 여겨 논산행 기차를 탔는데
그 애는 내가 첫 휴가도 받기 전에
또다시 이유 안 되는 이유를 넘겨놓고는
신발을 거꾸로 신어버렸습니다

시간이 지나 화석이 된 이야기가

가끔은

라일락꽃처럼 피어날 때가 있습니다

화진포에서

이곳에서 불쑥
그를 기억해낸 건 의외였다
나들이한 사람들은 각자
누구를 만나는지 기다리는지 일순 말이 없었다
무슨 말들을 주고받고 있는 건지
그래도 분명 소리 없는 언어들이 오가고 있다
보이고 들리는 건
끝없는 푸른 수평선과 흰 거품을 입에 문 파도뿐이었는데
수천 년 전의 전설과
수십 년 전의 사랑과
수년 전의 기억이 서로 만나 안부를 묻고 있다
바람은 그들의 소리를 전하는 전령처럼 지나갔다
아직은 그 누구도 기다림에 익숙하지 못한데
멀리서 확연하게 선명했던 바다는
다가갈수록 자태를 하얗게 감추었고
파도는 짧은 순간으로만 있다가 쉽게 부서졌다
눈을 감으면
이곳에서 보냈던 그 사람을 이곳에서 다시 만나고 있다
화진포에서

흑백사진

덥수룩한 간이역이
모퉁이를 돌아
사라질 때까지 바라보고 있었다

한 시간여를 서서 표를 끊고
밤새워 기차 안에 웅크려
너에게로 갔다

우주의 큰 항성 하나가
내게만 빛을 내리던 시절이었다

가끔 길가에 억새가 피면
빨간 단풍으로 가슴이 뛰었다

매양 꿈길을 따라갔으나
살구꽃 시절은 지나가고 말았다

기차가 지나간 철길은
줄곧 어지러웠다

자목련

짧은 아침 햇살
창문을 여는 순간
아!
목으로 넘어가는 탄성 받으며
목련이 핀다

막혔던 피가 다시 흐르는 듯
겨우내 웅크렸던 어깨가 열리는 듯
불쑥불쑥 솟아나는 꽃등
아!
어쩌지 못하는 절정

그 집 마당 안에 환하게
가득했던 붉은 열정
가슴 설레던 자색 향기

이매창에게 보내는 편지
― 매창묘에서

오늘 이승에 흰 눈이 마냥 내리고
나도 군상이 되어
그대 처소 앞에 고개를 숙이나니
뛰어난 그대 재주 때문이 아닌
오직 그대의 뜨거운 정감을 숭상하여
단 한 번, 단 한 순간이나마
시공을 넘어 그대의 정인일 수 있다면
저기 내리는 눈송이 하나처럼
지금 당장 소멸이 된들
무슨 미련 이승에 더 남아 있을까

사랑, 재단하지 말기

사랑하는 시간이 정해져 있다고 말하지 말기
키스하는 계절이 있다고도 말하지 말기
열정의 때가 따로 있다고는 더욱더 말하지 말기

때로는 긴 세월 속에 있기도 하지만
그것들은 아주 짧은 시간 속에 있는 것이니
많은 날이 있지만 한꺼번에 모두라고 여기긴 말기
단지, 한순간 한때 하나로만 나누어 여기기

누구라도 내게 남아 있는 시간을 묻지 마시길
나는 헤아릴 수 없는 무한 사랑과
파도 같은 열정을 담은 가슴이 있으니까
열거할 수 없는 무한 키스를 하고 싶으니까

적멸의 희락

머물지 않고 떠나는 것에는
밑바닥 울림이 있다
처음으로 설레던 진달래 핀 계절
자주색 편지 색깔로 떠나갔다
머물지 않고 흘러감이란
소멸이지만 성취이다

어린 날 추운 하늘 끝 기러기 떼
날 저물어 집을 못 찾던 한 마리 어린 새
언제나 머리 위에 있었던 할아버지 수염
떠난 것들에 대한 익숙한 기억
그들은 아직도 가는 중이다

머물지 못하는 것
떠나지만 돌아오지 못하는 것
적멸은 완성이다
적멸은 아름답다

외로우냐

외로우냐
그래도 외롭다고 말하진 마라

힘드느냐
그래도 힘들다고 말하진 마라

하루를 보내고 나면 환호했고
또 하루를 보내고 나면 절망하는 삶은
차라리 타오르는 불빛 속에 서슴없는
절망과 환희를 찰나에 경험하는 해탈
무상의 계

아프더냐
그래도 아프다고 말하진 마라

기다리느냐
그래도 기다린다고 말하진 마라

묵은 감자

감자 껍질을 손톱으로 긁어낸다
느릿느릿 액체가 모여들었다
푸른 테 속살을 보인 그가
물끄러미 나를 바라본다
미리 썩어 영속을 얻지 못함이
끝내 눈물을 흘리고 있다
시간은 그에게도 애물이었나 보다
되돌아갈 수 없는 마술을 풀지 못한 채
그의 꿈도 시시포스가 되었다

인연

여러 해 전, 눈 덮인 축령산 올랐네
막연히 앉아 눈물로 눈을 녹이다가
눈 밑에서 졸지에 갈 곳 몰라 하는 한 마리 벌레와 만났네
생애 두 시간은 그의 행보에 완전히 맞춰 있었다네
지금도 그 벌레가 잊히지 않는 것은
아마도 그와의 인연 때문이라고 여겨고 있네
그리고 재회를 기다리고 있네

어떤 사랑

섣불리 사랑을 말하지 말기
상대에게 들켜버렸더라도 사랑한다고 말하지 말기

사랑하는 마음을 흘렸다면 사랑할 자격이 없는 게지
사랑하는 흔적이 알려졌다면 시치미를 떼어야 하는 게지

사랑이란 고통과 환희를 적당히 섞어 시를 만드는 것
고뇌하지만 후회할 순 없는 것
미워하지만 미안해서는 안 되는 것

진정 사랑은 가슴속에만 있고 밖으로 나오면 안 되는 일

죽지 못하는 일들이
아름답게 보이는 날에는
그냥 세상이 사랑할 만하다 정도만 말하기

끝을 보자는 것

끝을 보자 한다
꼭 끝까지 가자 한다
그래야 속이 풀릴 것 같다 한다
그래야 가슴이 터지지 않을 것이라 한다

끝을 부르지만 또 끝이 궁금하지만

끝은 허무할 뿐
끝은 절벽일 뿐
끝은 암흑일 뿐이다

끝은 저만큼에 그대로 남겨두자
칼집에서 칼을 빼는 순간 이미 칼이 아닌 것이니까

그냥 여기쯤에서 머물러보자
그냥 이렇게 한번 기다려보자

시인

밤하늘에 별이 총총 가득하다
저 중에는
빛을 내지 못하는 별이 더 많지

날이 갈수록 무거워지고
걸어갈수록 단내가 풀풀 나는
숨소리

길이 점점 멀어진다
길이 안개로 자욱하다

갑자기 겁이 나고 아득해졌다

버리는 연습

버리는 순간 새로워지지
절벽에서 뛰어내리는 찰나 새로운 길이 생겨나지
별빛이 지금의 빛이 아니듯이
현재 겪는 일들이
예전에 경험한 것처럼 익숙한 느낌이곤 했어
절박함으로 더는 물러날 수 없는 막다름에서
들고 있는 것을 모두를 버릴 수 있을 때
비로소 다시 확신으로 다가오지

갈 안개

갈 안개가 가득한 날이면
누군가에 무릎 꿇어 용서를 빌고 싶다
더해질수록 얻기보다 상실이 더 깊어지는
긴 편지를 쓰던 날처럼
이렇게 안개 자욱한 날이면
함껏 마음 정하게 하고서
두 손 모아 용서를 빌고 싶다
이미 늦은 시간 되었을지라도
또한 용서받지 못한다 할지라도
이렇게 안개 내리는 날이면
누군가에 무릎 꿇어 용서를 빌고 싶다

그리움 그리고 기다림

그리움은 청자
기다림은 백자다

그리움은 빛이고 기다림은 혼이다

그리움은 시들지 마라
기다림은 지치지 마라

그리움은 파도 같아라
기다림은 바위 같아라

지나간 이름

지나간 이름을 부를 때마다
기억은 하나둘 부스러졌다
지난 햇살이 미끄러져 가슴으로 올 때마다
형상들은 짧은 여운으로 사라져버렸다

어쩌다 떠올리는 이야기들은 소문처럼
출렁 한 번 춤을 추고는 역시 숨어버린다

세상일들이 다 그런가 보다
지나간 모두는 다 그런가 보다
다만, 비겁하지 않았기를 바랄 뿐

숯 굽는 시간

천이백 도 고열로 몸을 불살라
그보다 여덟 곱쯤은 깊은
혼쭐을 매달아
또 새롭게 한 세상을 맞는다
불타는 가마는 언제나
먼 곳 꿈을 꾼다
혼의 숨결로만 가두어진 공간에는
흐른 시간도 되돌리는
집념이 있어
수천 년 내려온 고집으로
주어진 종교처럼 지지리도 못난
정념이 넣어지고 있다
버려진 삶이 벌겋게 달아오르고
굴참나무만이 숨결을 담을 수 있어
온 산이 한때
좁은 열망으로 휩싸여도
스무 살 청춘은 그 불길에 머물러
한정된 시간 수백 년을 거슬러 간다
가마에

검은 옷 입히고 진흙 바른 후

장엄한 행사처럼

정제된 시간 치르고 나면

귀신도 무서워하는 영검을 담고

사뭇 현신한 새 삶을 맞는다

보름달

누구 하나 힘껏 때려보지 못했다
누구에게 맘껏 사랑한다 소리쳐보지 못했다
다만, 밤하늘 저기쯤 찌그러져 흐린 달을
딱 한 번 소리 질러 둥근달을 만들고자 했었다
그런 사이 계절은 강을 건너갔다

제 3 부

내 속에 있는 것들아

안면도에서 하루

거추장스러웠네
어깨 위에 있는 이름과 이루지 못한 날갯짓
저기 아무것도 보이지 않는 모래 갯벌
의식은 파도에 휩쓸려 떠내려가고
푸른색으로 채색된 노래가 누워 있네
그 누구도 숨어서는 볼 수 없는 광야인지라
신명나게 한판 춤이라도 춰보려 하네
질펀한 웃음으로 검은 그림자 하나 없는
파란 꿈을 다시 한 번 꿔야지
끝없이 달리다가 드디어 날아오르는 비행
시간은 이어지고 호흡은 깃털처럼 포근하여
하루는, 결코 넘지 못할 것 같은 미로 속에서
함껏 일탈을 음모한 꿈이었네

구리극장과 청춘

구리극장, 구리극장은 이미 없는데
오늘도 나는 구리극장 앞이라 불렀다
알아듣는 이 없고
구리에는 이미 없는 고유명사인데도
헌 액자 속에 갇힌
흑백사진 같은 이름이다
이 문안 앞 벌,
독수리표 성우전자에서 쏟아져 나온
공순이 공돌이가 구리극장 앞
신작로에 매일 밤 가득하여
그중에 있던 내 누이와 동무들은
하늘에 뜬 회색 구름처럼
가난한 청춘을 한껏 만끽했다는데

언제나 좁았던 돌다리 골목이며
구리극장 뒤 선술집이며
가끔 아침에 깨어나던
구리시장 입구 평화여인숙이며
모두 어디로 갔을까

전설이나 흔적도 없이 전멸한 그들의 자취
취한 기억 속,
제목 잊은 낡은 책표지로만 남아 있으니
술이 동나고 내 숨결이 다 하는 날은
구리극장 앞 차디찬 시멘트 바닥 위에
누워 있던 청춘들
서러운 시대의 못다 핀 꽃들이지만
다시 불러볼까
구리극장 앞에 서성이던 그들

우중우목(雨中牛目)

저리 순하고 아린 속박이 있을까
조물주는 어찌 저리 잔인한 짓을 한 것일까
그 많은 그들의 눈을 보아왔지만
단 한 번도 미워하거나 원망하는 눈을 보지 못했다

힘들어 화가 나고 답답해도 그것을 표하지 않는다
어느 장날, 젖을 못 뗀 새끼와 이별 때도
멀리 서서 음~머 한마디 내뱉을 뿐이다
그러다가 한없이 정 주던 인간의 배신에 떠밀리던 날은
무슨 미련으로 자꾸 뒤를 돌아다볼 뿐
도살장으로 끌려가면서도 눈 하나 찡그리지 못한다
자신의 생명줄을 끊기 위해 높이 올라가는 작은 쇠망치를
차마 바라보지 못하고 끔벅 한 방울 눈물을 떨구고는
두 눈을 감을지언정

저기 호수보다 큰 그들의 눈을 보면 서럽다
호수보다 맑아 서럽다
호수보다 아름다워 서럽다
늘 물끄러미 무언가 바라보기만 하다가 가버린

기억 속 그들의 눈빛 때문에 또 서럽다

한 방향으로만 갈 수 있는 자들의 숙명이여
아리고 순한 동그라미여
윤회의 미학이여

둔치 축제

갈볕이 강으로 흐르는 둔치
접시꽃 닮은 코스모스가 피면
사람들은 기억처럼 그곳으로 모여들었다
사람들이 모여들듯
아주 작은 당나귀는
자신의 초원을 염원하며 원을 돌고 있다
긴 하루 젖은 피로의 대가로
누런 건초 몇 잎의 위로를 받지만
가도가도 멀어지는 초원의 냄새는
파릇한 절망을 키우기 시작했고
한없이 돌고 도는 반복의 걸음으론
회색 체념을 배워갔다
인간은 앙증스럼에 겨워 엉덩이를 더듬지만
그들이 노리는 건 오직 백색 순종이었다
태생의 업으로 좁은 잔등에는
인간의 새끼들이 올라 어지러움을 즐기고
눈 가린 당나귀는
눈먼 삼손의 한숨처럼 원을 돌고 있다
축제는 또 다른 고행이 되었다

라일락이 피면

라일락 핀 계절 손을 잡았던 그

결국은 이리 혼자이고 말걸

그날 우린 두 손을 너무 꼭 잡고 말았지

이렇게 해마다 라일락이 피면

이렇게 보라색 꽃향기가 가득하면

한 번쯤은 하늘을 보고 훅 하고 한숨을 내뱉지만

그것으론 다하지 못해

흘러가는 구름에 찔끔 눈물을 보이고는 독백

이리 혼자이고 말걸

라일락이 피고 꽃향기 더욱 자욱하면

가슴은 더욱 옹이가 지고는 하는 독백

이리 혼자이고 말걸

산

산은
애당초 악보나 음률이 없던 형상
그림자조차 가까이할 수 없는 그는
집착은 파도와도 같은 허상이었다고
산은 뿌연 새벽 속에 있고
허연 입김을 뿜어내고 있다

내 속에 있는 것들아

내 속에 있는 것들아

우리 목마를 타자

그동안 많이도 망설였다

오랜 시간을 머물러 있었지 않니?

목마가 가는 목적지를 내가 모른다 해도

목마가 가는 목적지를 목마가 잃었다 해도

여기는 비워줘야 할 시간

나는 마파람 뒷모습처럼 한번은

내가 먼저 힘차게 떠나보련다

가다가 흐르는 물을 만나거든 물어보리라

가는 목적지를 알고 흐르는지를

뒤돌아보지 마라

어차피 머물 수 없는 것이니

후 참회록

너는 비겁했다 언제나 너는 비겁했다
고통을 두려워하고 고뇌를 두려워하였다
이별을 힘들어하고 기다림을 두려워하였다
긴긴 시간을 그러했다
그래서 나는 네 등에 비수를 꽂는다
나에게 비수를 맞은 너는 쓰러져야 한다

또 다른 너는 역시 내 등에 비수를 꽂아라
비겁하게도 나는 너에게 등을 보였다
나는 항상 등을 보여 너를 배신하고자 했다
그래서 너는 내 등에 비수를 꽂는다
꼼짝 않고 서서 등 위로 떨어지는 너의 비수를
등짝 한가운데 꽂히게 하였다
그것만이 다시는 네게 등을 보이지 않을 길이니까

오늘은 내가 나에게 비수를 던진다
늘 내 뒤통수를 보여준 많은 적에게
비겁하지 않고 나름 대담하였노라 소리하면서
등을 돌려준다

72

점점 작아지는 비겁한 등짝이 아닌

두 손을 과감히 허리에 얹고 등을 펴 떳떳하게 산화하는

넓은 등을 만들어준다

섬

초갈이 초록으로 가고자 함이,
물 언덕 강가에만 사는 기억이,
그와 나의 거리가,
이제야 열정을 올려다봄이,
딱 한 번
어느 사람에게 보낸 한 줌 미소가,
정녕 흩어진 바람 조각들이,

섬이다

건봉사

바람조차 한가한 고찰에 들어서면
한편 마당으로 조사들의 부도가 수두룩하다
저 조사들 가슴 이마에 불었던 바람 한 조각
또한 그 주변에 피었던 풀과 꽃들 이미 아니련만
여기 그들 무상과 형상은 예와 같이 가득하다
지금 이들은 그때 그들과 일면식이 없는데
이들과 그들이 무관하다 할 수 없으니
보이지도 않는 시공의 끝은 언제나 암흑이었다
왜 시공은 그곳으로는 돌아가지 않는 걸까
저기 표상으로만 있는 조사들은 그때
지금을 얼마나 헤아리고 조사가 된 것일까

어머니 얼굴

푹 구부러진 허리
잔뜩 주름진 어머니의 얼굴에서 간혹 할머니를 본다
뿌연 기억 속 나의 할머니
그 곁에 서 있는 어머니는
늘 긴장하는 젊은 며느리
다소곳이 서 있던 키 큰 엄마

수종사 사월

묵은 기다림은
너를 더 이상 안아낼 수 없어
운길산 모퉁이에 봄꽃이라 올려놓고

수종사 은빛 하늘
양털구름 한 올 한 올
실타래 뽑아 두물머리에 드리우면

서쪽으로만 멀어지던 봄흘레
산드르 예봉 자락 걸리다

예봉산 고목

짧은 성욕 같은 일출이다
두물머리 풍광을 의젓이 내려다보는 예봉
매일 그곳에선 아침이 뜬다
이 산속, 일천 년을 묵묵히 서 있는 고목
깊은 외로움에도 한 곳을 지키는 너의 존재는
분명히 생이 아닌 삶이었다

무통의 밤이 어디 있으랴
멧짐승, 젊은 초목들 모두 다
한강을 향해 고개를 돌려도
그냥 이 자리
일천 년 북극성 한 곳만 고집했다니
한때는 여유당의 고뇌도 함께했을 터

반복되는 가을이 여기 오고
겨울이 저기 온다 손사래해도
의연한 무표정이냐
지친 그리움의 화석이냐

간혹 골바람이 너를 감싸도
바람은 다가올 뿐이지 머물지 않는 것
오늘 밤도 수백 년 걸어 도착한 별빛이
고목의 허리를 껴안고 있다

젊은 그들

항상 그 자리에 있을 것 같은 공간과 형상들은
시간과 바람이 눈치채지 못할 정도로만 움직였다

이마다 저마다에 흘리는 숨소리는
지다가는 다시 피는 산속 나팔꽃보다도 작지만
분명히 살아 있는 시간이었다

젊음과 열정은 가두어지고
저마다 가진 색깔은 드러내지 못해
회색 소리만을 느끼며 걸어가는 끝이 없을 것만 같은 길

그중, 여러 날은 세종로 광화문에서 살았다
장군이 긴 칼을 짚고 내려다보는 아스팔트 위에서
스티로폼으로 만든 도시락 속, 각 잡힌 밥을 세 끼니 먹고
밤은 어지러운 함성과 논리에게 차이고 얻어맞다가
자욱한 새벽에서야 여명을 덮고 쪼그려 잠이 들었다

수없는 반복의 그것들은 아직도 진행 중이지만
그들 누구에겐 이미 역사가 되었고

누구에겐 화석이 되었으며 또 누구에겐 뼛속에 각인되었다

폭염처럼 눈물겹게 견디던 지고한 순간들이
별빛 받아 흐르는 강물처럼 무지개 되어
언뜻 보이기 시작할 무렵이면

시간의 줄무늬가 공간을 꿰매는
숙성된 기다림의 끝은 이제 저만큼 있고
그들 청춘을 풀어 흐르는 강물은
메마른 들길을 굽이굽이 축이고 있다

오래전 설야

긴 겨울밤
흔들리는 떡갈나무는
마른 주검들을 매단 채 울고 있었다
산화하고 싶은 열망은
또다시 벽에 부딪쳐
밤은 그들 소리로 가득했다

이제서야 알 수 있겠다
소금 빛깔로 자욱한 새벽
마당 위로 차마 내려앉지 못하고
다시 허공으로 솟구침을 반복하던
그 은색 가루들 방황을

만추 그리고 오후

한 걸음 또 한 걸음
사뿐 나들이하면

땅 위에 하늘에
기억 속에도
묻어나고 있다

서리 내린 콩밭
누런 벌레 소리 눕고
소리 먹어 여윈 수수
긴 목이 무거워

태고부터 시작된 삶
기억은
다시 윤회를 그려 넣고

아직 꿈을 꾸는 오후
등이 굽은 햇볕

가평 꽃동네

1

뼈와 살을 다 뜯어 먹힌 노인들이 한 마리 가시고기가 되어 운악산과 연인산 골을 흐르는 조종천을 오른다. 북태평양 베링해 이역만리를 회항하며 자식을 낳고 한 시절을 살찌운 연어들이 이제 죽음을 먹기 위해 천을 거슬러 간다

2

삶의 저울이 같을 수 없는 것일지언정 어느덧 이리 마지막을 가야 한단 말인가 생과 삶도 구분치 못한 채 달려왔는데 곁에 있던 모든 것들은 늦가을 홀씨처럼 날아가버리고 이제 한 몸 누일 덤불을 찾아 천을 따라 오르고 있다

3

거슬러 오른 천을 뒤돌아보다가 결국 눈물 한 방울 떨어뜨리지만 흔적 없이 흐르는 물에 씻겨 나가고 남은 몇 지느러미질 재촉하다가 되돌아갈 수 없음에 겨워 다시 고개 돌려 눈길 한 번 길게 주고는 고개를 떨군다. 그래도 또 한 번 뒤돌아 멀리 바라보다가 도착하고 마는 꽃동네 평화동……

첫 키스 기억

첫 키스는 달콤할 거라고 생각했지
아니 달콤하다고 들었어
하지만 환상일 뿐이라고 믿지는 않았거든
새벽이 차갑던 간이역에서 처음 키스를 받았는데
그런데 이게 웬일이야
첫 키스는 정말로 달콤하더군

아우라지 전설

가슴이 터져도
돌아보지 마라
산이 무너져도
돌아보지 마라
애닯다 기약하지 마라
아쉽다 약속하지 마라
아우라지 떠난 강물에
가슴도 흘려라

아우라지 떠나는 뗏목
하나 마디마다
오늘을 묶고 청춘을 묶어라
흐르는 물속에
내일도 삶도 있는 게지
귀를 막아도
서러움이 들려온다
눈을 감아도
하늘에선 비가 내렸다

산그늘 깊은 곳으로
날짐승 소리
빠른 여울 하나 지나면
한가로이 마을 하나 흘러가고
산자락 굽이 돌아가면
강가 동네마다
피리 소리 들려왔다

흐르는 강물 따라
청년의 꿈이 흘러가고
여인의 기다림도
덩달아 흘러갔다
아우라지 동네마다 굽이마다
간 사람들 오지 않아
이야기는 끝이 나고
까만 전설이 남았다

소록도 가는 길

녹동항 여객터미널 안
객장 의자에 나란히 앉아
이별을 나누는 남녀가 있다
번번이 주변을 살피며
조그만 보따리를 주고받는다

남자는 칠십 전후의 나이임에도
두려움과 어둠의 빛깔이 남아 있고
얼굴과 손가락에 남은 낙인은
오히려 그것 중의 일부였다
아까부터 그는
중년 여인의 손을 잡고 두리번거리고 있다
두 사람의 관계가
부부일 수도 있건만
무슨 이유인지 모르게
부녀의 짧은 이별로 느껴졌다

그다지 멀지 않은
소록도와 육지의 거리에는

헤아릴 수 없는 기억들과 이야기가
미처 흐르지 못하고 쌓여 있다
물살 빠른 남해의 해류에도
미세하게 풀어지는 듯 있을 뿐이다
소록도를 지나 거문도까지 이어지는
대교가 눈앞에 세워지고 있었으나
한동안은 이처럼 철철이 한이 흐르고
설움이 흘러가야 할 것이다
얼마나 더 많은 이들이 떠나가야
저 다리는 소록을 이어
육지로 데려올 수 있을까

저녁 항구는 불빛을 일렁이고
먼 곳 뱃고동이 울었다
그들만이 이별을 마무리 못 하는
허름한 남녀의 어깨에 와서
위로의 말을 건네고 있다

동학사 비구니

뿔테 안경 너머로 혜안을 찾는다
먼 곳을 향한 눈이 깊다
저녁 예불을 시작하는 대북 소리
둥 둥 둥……
관음봉 삼불봉 연천봉이 일어난다
심연에 빠진 계룡은 오히려 눈을 감았다
삼계를 벗어보겠다는 소리에
작은 체구를 감은 장삼이 춤을 춘다
북채를 잡은 손등에는 속가 미련이 보이고
자신을 채찍질하는 하염없는 목소리
회한을 벗으라 번뇌를 풀어보라 하는데
어둠은 익숙하게 찾아와 눕고
골을 타고 내려온 바람은
쉽게도 해탈을 뒤집어쓰고
세속으로 유유히 걸어가고 있다

제 4 부

보리암에서 원산에게 묻다

외로움에 대하여

외롭지 않은 삶은 참 어리석다
사는 것이 외롭지 않다면 삶이라 할 수 있을까
많이 외로워서 옆을 바라보고
더 많이 외로워서 뒤를 돌아본다
그리고 또 외로워서 하늘을 올려다보는 것이다
삶이 외로움인 것을 아는 까닭에
비로소 나를 만나고 나를 볼 수 있는 것

외로워서 나약하고 나약하기에 인간일 게다
가을을 가을이라 느낄 수 있는 것은
가는 길이 외롭기 때문이다

외로움을 모르는 건 참 서글픈 일이다

마라도

그의 모습은 침묵이었다
사방으로 놓인 수평에는
가끔 메밀꽃 송이 미소만 일렁거릴 뿐
젖은 화음이다

정해진 시각마다 다가오는 여객선은
매양 일어나는 일상이고
파도는 다시 되돌아와
그의 허리춤을 감싸 매달리고 있다

그는 언제나 그대로 있었는데
몇몇 사람은 눈을 들어 감동을 토하고
을긋불긋한 무리는 경배의 눈으로 두리번거리며
또 한 무더기 다른 군상은 수선스럽게
그를 어루만지고 있다

섬은
묵언으로 좀처럼 입을 다물고
잿빛 하늘에서 순식간

뚝 떨어진 황량함일까
세월에 그을린 등은
바람에 마른 억새처럼 묵언이었다

사랑의 정의

생을 선택할 수 없었다 한다면
삶은 진정 선택하고 있는 것인가
그럼 사랑은 무엇으로 정의해야 할까
누구나 태어나 또 누군가를 만난다
어느 때는 기다리는 연습을 한다
왜 기다리는 것도 모르면서 기다리고
기다림의 끝이 어디인지도 모르면서
그 끝을 만나고자 한다
만남이 이루어졌음에는 쓸쓸하다 하고
이루어지지 못함에는 외롭다고 한다
사랑은 정령 변하지 말아야 함에도
시간과 공간의 변형을 따라
아름다운 판단도 실수로 변질되고 만다
사랑은 일생 단 한 번 할 수 있지만
그것조차 생물이 되고
그 나머지는 습관이 되어버린다
그러곤 그 어떠한 선택에도
결국은 후회한다고 말하고 만다

산방

호명산 중턱에 걸린 늦갈
저녁놀 멀리 개 짖는 소리
골을 타고 내린 바람
산마루 돌아들어 쉬어 가는 곳
산방이라네

여기는 시간이 정지된 공간
내 어머니 아직 키 큰 모습으로
장독대 들락거리고
키 작은 울타리마다 주저리 열린 기억
그들, 첫눈 맞아 툭툭 떨어져 내리면
도란도란 오늘 얘기 울 밑에 심는

글 빚는 사람들이 모여드는
산방이라네
고단한 바람 잠시 쉬어 가는
산방이라네

부자(父子)의 별리를 보며

8. 25. 19 : 20, 오남리 장례예식장
갓 등불을 내린 아버지는 영정이 되고
베옷을 다 걸치지 못한 아들은 죄인이 되었다
상주로 꿇어앉은 아들의 얼굴에서
어렵게 나누는 부자의 별리를 본다
아범아 그동안 수고했다 말을 듣는 건
자식으로서 가슴만 벅찬 일이었을까?
아들은 눈물을 흘리지 않았다
가슴에는 벌써 깊은 옹이가 앉고
떠나는 육신은 형식이고 허상이라며
까만 날들을 이미 다짐했음이라

아들은 아비를 송릉에 묻었다
남쪽으로 멀리 예봉이 보이고
옆에는 광해대왕이 불을 켜놓고 있는……
아들은 평소 아비를 우리 대장이라 불렀다
대장은 이제 밤하늘 별이 되었고
삶을 진정 앎이란 아비 임종의 순간이더라
그 누구도 말해주지 않았는데
아들은 비로소 그렇게 어른이 되었다

겨울 화진포

저기쯤 멀리 있다가도
문득 다가와 서 있는 그는
어스름한 석양의 절정으로
첨 하는 동행의 모습으로 찬란했다
익숙치 못한 체험을 의식하는
발걸음마다
새김질로 느껴지는 인연
눈 덮인 겨울 화진포는
화석을 만들고 있다

소주 운하

운하는 고풍으로 남루하였다

문득, 눈이 서린 아이들이 달려오고
그놈들은 낄낄거리며
멀리 동방에서 왔다면서요?
이방인 행태에 또 깔깔 웃는다

항해를 끝낸 아라비아 상인들이
부단하게 짐을 나르고
새 품목이라며 떠드는 장사꾼 소리
오가는 돛단배 사이로
아이들 웃음이 뛰어간다
그들을 쫓아 팔을 뻗는데
비켜나가는 이이들이 하는 말
왜 이렇게 늦게 왔나요
소주는 송나라 때가 제격이거든요

뒷날 여기 오는 시인들은
무슨 이야기를 담아 시를 쓸까

나는 이곳에 잠시 서 있는 나를
어떻게 남겨놓아야 할까

외서리 567번지

천년이 지나도 다 읽지 못하는 이야기들이
달항아리 속에서 불룩 배를 내밀었다
시간으로 낮아진 봉분 위로 연방 눈이 내리는데
고개 숙여 줄곧 이야기를 읽는 이들
무게를 모르는 솜처럼 부풀어진 세상 이야기들은
익숙한 길처럼 곧게 뻗어져 있다.
눈 감아서 온 공간은 움직이지 못한 정거장인 양
흑백이었다
매창이 있고 시가 있고 노래가 있는 곳이며
경계 넉넉한 곳이기에 새벽 달빛이 가득하다
이곳, 가슴이 없는 시절에도 눈이 오건만
묻힌 그녀의 몸둥이만 쇠락을 거듭했을 뿐
매창의 소리들은
하얀 눈송이 되어 누리를 덮고 있다

산정호수

호수 속에 있는 산은 겨울 형상을 말하는데
호수 위를 걷는 바람은 봄이라 말한다

마주 보는 명성은
끝내 굳게 다문 입을 열지는 않을 듯,
산은 물속에 다시 있고
호수는 산이 내린 물음에 일렁일렁 느낌 소리뿐

애당초 서지 않겠다 수면을 기댄 나무는
노송이 되어 지난 군상을 얘기하고
물결은 지조처럼 그 곁에서 한껏 짙푸르다
바람 때문일까

호수는
나들이한 여인의 눈 속에 담겨
하늘하늘 넘쳐흐르고 있다

삶

늘 우물쭈물한다고
자신을 탓하지 마라

저기 천마산에 잠시 올라
마루턱에 서봐라

바람도
능선으로 흐를까
골짜기로 흐를까
우물쭈물대고 있지 않으냐

바람이 너보다 못하겠느냐
네가 바람보다 못하겠느냐

군산항 소묘

석양 노을에 채색된 강물
멀거니 바라보노라면
빛바랜 창호지처럼
풍경이 하나 떠오르고 있다

속이 허허롭던 밤에는
왜 그 선술집에만 있었을까
밤 항구는 바람에 넘실거렸는데
칠흑 속에 아련히 피우던
강 건너 장항의 불빛이 그리
안주처럼 맛깔스러웠을까

제기랄
해가 서쪽으로 내리는데
왜 아직 그 풍경 속에서
나오지 못하는 거지

경하바라기

경하는 언제나 웃었으면 좋겠다

경하는 여행을 자주 다니고
그 여행 길가에서 만난 이름 없는 풀과 돌멩이와도
쉽게 대화를 나눌 수 있었으면 좋겠다
경하의 삶은
어떤 일에도 조바심 않고 실수를 두려워하지 않는
그런 삶이었으면 좋겠다
경하는 우산 없이 빗속을 걸어보고
홀가분하게 짐 없는 발걸음도 해봤으면 좋겠다
그래서 살랑거리는 바람의 상큼함을
코끝으로 느껴봤으면 좋겠다
경하는 여명만을 쫓아 기웃거리지 말고
때로는 느린 석양과도 만났으면 좋겠다
경하는 실패를 많이 했으면 좋겠다
경하는 공상을 많이 했으면 좋겠다
경하는 아이를 많이 낳았으면 좋겠다
경하에게 오빠는 선물이었으면 좋겠다
경하는 영악스럽기보다는 어리석었으면 좋겠다

그래도

일생 두 번 정도는 남들 앞에 서봤으면 좋겠다

경하는 언제나 웃었으면 좋겠다

집착

절망스러울 때마다 생각나는 사람이 있다
미끄러져 넘어졌을 때도 그랬다
또 내동댕이쳐졌을 때 역시 그를 증오했다
그때마다 온몸으로 퍼져 오르는 깊은 희열을 느낀다
오르가슴이었다
그를 향한 극한 저주라고 의식했는데
시간이 지나면서
헤어날 수 없는 늪이라는 것을 알았다
지금은 너무 많이 지나왔다

그럼, 지금은 아니란 말인가

어머니 별곡

헤어짐은 뭡니까
도대체 그게 무엇입니까

이중섭이
삶은 외롭고 서글프고 그리운 것이라 했다지요
그녀와 헤어진 지 불과 달포 전이고
그녀의 새집에는 아직 풀도 돋아나지 않았는데
그녀가 무지무지 그립습니다

그녀를 외롭게 하여 그립습니다
그녀를 서글프게 하여 그립습니다

중섭은
왜 하나를 더 말하지 않았을까요
삶이란 외롭고 서글프고 그리운 것이지만
그래도 기다릴 만하다고

삶은 외롭고 서글프고 그리운 것이라는데
헤어짐은
쥐어뜯는 후회와 그리움의 뒤범벅입니다

어느 날 일기

오늘은 덕고개를 넘어오다가
광진 기종 은태 종봉이 목소리에 놀라
교문리 덕현아파트 뒤에서
불현듯 MK 2호 기차를 탔다

70년대 팝과 포크 음률이 대롱대롱 매달려 있고
양껏 먹을 만큼의 술과 좋을 만치 공간은 어둑어둑했다

기학이 인수 삼수 영학이 그리고 나도 따라서
MK 2호, 시공을 넘나드는 기차를 타고

아홉 살 기학이 인수가 홀딱 벗어 몍 감고
열일곱 영학이 삼수가 철교 밑에 개다리 흔드는

최촌마을 앞 왕숙천 논둑길을 다녀왔다

보리암에서 원산에게 묻다

원산(圓珊)*아,
금산 꼭대기 보리암에서
절벽 아래 바다를 바라보는 해수관음보살여래입상의 경지는
어디까지일까

발아래 바다는 초원을 이뤄 새들이 날고
일념 타래를 푸는 중생들은 새가 되고자 소망하는데
해발 계산이 필요 없는 높이에선 너름새 안개만 피어나고
백팔 배를 행하는 보살의 뒷모습엔 여전히 관능이 번득여
해수관음상이 잠시 시선을 거두어 졸고 있는 시공(時空)

원산아,
그대가 늘 바라보는 거기는
얼마나 먼 곳에 있는가

* 원산 : 승려의 법명

바람과 풍경

오늘은 바람이 좋아 내촌으로 갔습니다
그곳에는 수선사지기가
봄 들판이 내려다보이는 누리마루에 정자를 짓고
풍경 하나를 새로 매달았습니다
뛰어온 바람은 자기 소리를 낼 수 있음에 겨워
높지 않고 낮지도 않은 자리에 걸터앉아
한 번은 위에서 아래로 겉돌아 지나고
한 번은 아래서 위로 휘돌아 나가고
또 한 번은 그 속에 한참을 머물다 나옵니다
그때마다 풍경은 새로운 소리를 만들어냅니다

저놈들, 저러다가 한 소식 하겠지요

존재

칠월의 토마토가
빨갛게 익어가는 계절은
너의 꿈속에서
내 소망이 이루어지는 시간

저녁이 붉게 물들었다면
그 누군가 그리워하는 마음이
저리 농익어 있음을
너는 알았으면

네가 거기 서 있으므로
누군가는
살아갈 수 있었을 테니까

수술실 앞

산수유꽃 노란 속삭임은 거짓이라 해라
봄바람 살랑 입맞춤도 거짓이라 해라
양지에 내리던 햇살도 다 거짓이라 말해라

뭐 하나 부러울 것 없던 푸른 날
연초록 다정함에
살구꽃 매화꽃 복사꽃 웃음꽃……
모두 거짓이었다 고백해라

강물 따라 흐르는 것이 삶이라지만
그대 차가운 천장만을 응시한 채
일각이 두려운 이 순간에

나는 멀찌감치
그 알량한 일터 끈자락에 붙어
무사 기원이라도 하는 척
먼 하늘만 바라보는구나

깊은 기억

미소 손짓 하나까지
이곳에 남겨놓고
육신만 훌쩍
땅속으로 숨어버렸다

그래도 우린 다 알고 있지
남구산*에 쌓여 있는 목소리
미처 감추지 못한 꼬리들
여기 이리 많을 걸

* 남구산악회

전생에 나는

전생에 나는 검둥개였다
온몸이 온통 까만 검둥개였다

주인이 누우라면 눕고 뛰라면 뛰었다
주인이 꼬리를 치라 하면
며칠 전 먹은 생선 뼈가 목에 걸려 아파도
꼬리를 흔들어 웃어주었다
밤은 주인댁 평안을 위해 달빛 눈길로 밤을 새우고
낮은 주인 아들의 친구가 되려고 몸을 말아 토막잠을 잤다

그런 어느 날, 낯선 이들의 기웃거림에도
곁에 선 주인의 오라 함에 다가갔는데
내 목줄을 잡은 주인은 망설임 없이 그들에게 넘겨주었다
철창에 갇힌 나는 애절하게 구원을 바라는 울음을 울었
건만
결국은 그들에 의해 목이 졸리고 드디어 나는 죽었다
그때, 학교에 간 주인집 어린 아들이 있었다면
그는 나를 구해낼 수 있었을까

나는 태어나 배운 것이라곤 복종이라는 것만 알았다
주인을 위해 사는 것만 알았다
죽음마저도 주인을 위해 하는 것인 줄 믿으려 했다

전생에 나는 검둥개였다
온몸이 온통 까만 검둥개였다

누나 생각

누나의 등은 따뜻했다
아까부터 잠에서 깨어 있었건만
소리 내지 않았다.

해마다 추수 끝난 가을밤에 열리는
벌말 도당굿
엿장수 엿 파는 소리 사람들의 웃음소리
그럴수록 누나 등을 더 파고들었다

열네 살 시골소녀는
다섯 살 남동생의 무거움도
모처럼 맞이한 허기진 호기심을 이길 수는 없으니라
진작부터 졸음에 겨워 집에 가자 칭얼대는
동생을 자신의 좁은 등에 업었다

누나는
이수일 심순애 창극, 각설이 타령
인동 사람들의 콩쿠르 대회 노랫소리
그 흥겨움 속에 더 빠져들고

어린 동생은

누나의 체온을 가슴에 깊이 물들이고 있었다

밤하늘엔 별이 여전히 가득하였으나

엿장수 소리 각설이 타령 점점 멀어지고

조그만 동생은

누나의 따뜻한 등에서 잠이 들었다

하늘에는 무수한 별들이 내려다보고 있었다.

그날

그 가을밤은 천국이었다

행복이었다 꿈이었다

작품 해설

반어적 시어와 회고적 중층 구조

김 용 배 | 소설가, 문학평론가

1. 들어가는 말

이경석 시인을 처음 만났을 때, 시인은 살얼음을 헤집는 청둥오리의 물갈퀴처럼 차가운 사람일 것이라고 착각했었다. 각진 얼굴과 다부진 체격이 제공하는 인상 때문이었다. 이 편견은 시인의 시어들을 하나둘 해부하면서 공기가 주입된 각양각색의 풍선처럼 변모되기 시작했고, 시인의 자아가 서서히 내게로 옮겨오면서 외양은 단지 신기루와 같은 허상이었음을 자각하게 되었다.

이 같은 사실은 자전적 시 「기차는 서쪽으로 간다」에서 더더욱 공고해졌다. 시인의 자아는 서리 서린 길 위에 외롭게 남겨진 차가운 발자국이 아니라, 골 깊은 아궁이 위에서 따뜻하게 덥혀진 두툼한 온돌 같은 훈기 덩어리라는 사실을 저절로 인식하게 된 것이다.

2. 반어로 표현된 자아의식

시인의 자아를 통찰하려면 먼저 「그림자 물속에 빠지다」를 살펴보아야 한다. 「그림자 물속에 빠지다」는 시인의 자전적 시 「기차는 서쪽으로 간다」처럼 회고적 성격을 지녔으며 중첩된 반어적 구조로 점철되어 있기 때문이다.

> 그림자가 물속에 빠졌다
> 물 위를 걷던 그림자가 물속에 빠져버렸다
> 물 위를 걷는 시간이 많아지고
> 그래서 여유가 생겨났다고 하는 순간일 때
> 제대로 서둘러야 했다
> 해는 중천에서 여유를 부리지만
> 벌써 그림자조차 물속에 빠지는 시간이다
> 출렁거리는 물 위를 한가로이 걸어 다니다가
> 드디어 그림자가 물속에 빠졌다
> 그림자가 물속에 빠져버렸다
>
> ―「그림자 물속에 빠지다」 전문

시인은 심층인 '물속'과 표층인 '물 위'라는 절대적 시각 대비로 「그림자 물속에 빠지다」의 토대를 구축했다. '여유'와 '서두름'으로 상반된 두 가지 이미지를, '해는 중천'과 '벌써 그림자가 물속에 빠지는 시간'으로 중첩 구조를 완성했다.

이 시에서 '그림자'는 '자아'이고 '물'은 '현실세계'다. 자아는 현실세계에 빠지고 싶지 않았지만 '여유가 생겨났다고 하는 순간일 때', '해가 중천에서 여유를 부릴 때' 그만 현실세계로 빠져버리고 말았다. 그것도 한가로이 걸어 다니다가 빠져버림으로 현실의 늪은 어찌할 수 없는, 세월이 안겨준 자아 침잠임을 강조하고 있다.

누군들 현실세계, 즉 흘러간 세월에 대한 회한이 없으랴만, 「그림자 물속에 빠지다」의 완숙한 자아는 어느새 서쪽에 도달하여 구도자의 눈으로 세사를 통찰하고 있다. 시인은 '벌써 그림자조차 물속에 빠지는 시간을' 회고함으로 반어를 완성했고, 수미상관 구조로 ― 1행, 물속에 빠졌다, 10행, 물속에 빠져버렸다 ― 시어의 동인을 이끌어냈다. 이와 같은 회고적 성격의 시원들은 표제 시 「기차는 서쪽으로 간다」에서 여과 없이 나타난다.

3. 자아, 그 자전적 기차는 서쪽으로 간다

이 시대 사람들은 스피드에 몰두된 사람들이다. 무한 속도에 몸을 떠맡긴 채 목적지를 향해 정신없이 질주한다. 온 인류와 지구의 가장 구석진 곳에 사는 부족들까지 아찔한 속도감이 주는 무모한 줄타기에 어느새 환속되어 있다.

그러나 시인은 이 미친 속도감을 과감하게 배반하고 있다. 시인이 몸을 실은 열차는 KTX도 아니고 테제베도 아니며 신칸센도 아니다. 느릿하지만 방방곡곡에 흩어져 있는 시원들을 샅샅이 더듬어 훑으며, 천천히 서쪽을 향해 가는 감성의 무궁화 열차다. 그러므로 「기차는 서쪽으로 간다」는 시어로 표현한 시인의 자서전이 된다. 자아는 서쪽으로 흘러가며 이름도 기억할 수 없는 낡고 허름한 간이역에 문득문득 머물곤 한다. 그간이역은 '자아 혹은 삶'이라고 이름 지어진 무인역들이다. 시인은 그 역 한 곳에 붙어 있는 보이지 않는 거울 앞에서 늘어난 주름살과 흰 머리카락을 관조하며 허탈한 웃음을 새긴다.

> 기차는 서쪽으로 간다
> 늘 그렇게 지나갔다
> 기차는 강변으로 난 길만을 따라 서쪽으로 간다
> 그럴 때면
> 지난 시간을 들고 기차를 타야 한다
> ─「기차는 서쪽으로 간다」 부분

자아의 지난 시간은 동쪽에 있었다. 자궁을 벗어나며 잘린 탯줄도 동쪽에 있었다. 시간은 천천히 기차를 서쪽으로 옮기기 시작했고, 자아는 '강변으로 난 길'을 따라 지나온 추억을 곱씹고 있다. 여기서 말하는 '강변'은 시간과 추억의 강변이다. 2연을 살펴보면 그 사실이 명백해진다.

> 기차 안은
> 여기저기 흑백을 간직한 채
> 사람들이 서 있다
> 오늘도 기차는 떠나는 사람들만 타고 있다
> 강물이 보이는 높은 간이역에는
> 그 사람들이 없지만
> 떠나는 사람들의 옆모습은
> 옛 그들처럼 창백하다
> ─「기차는 서쪽으로 간다」 부분

'여기저기 흑백'은 자아의 과거와 '떠나는' 사람들의 과거를 은유했다. 누구인들 가슴 저 깊은 곳에 빛바랜 흑백사진들이, 그리고 자신을 휩쓸고 지나간 추억들이 벌집처럼 켜켜이 나열되어 있지 않으랴. 이 추억은 외로움이라는 형태로 나타나기도 한다. 시인에게 그것은 가슴 저린 한탄의 기억이 아니라 정겨움의 또 다른 언어로 정제되어 나타난다.

> 외롭지 않은 삶은 참 어리석다
> 사는 것이 외롭지 않다면 삶이라 할 수 있을까
> …(중략)…
> 삶이 외로움인 것을 아는 까닭에
> 비로소 나를 만나고 나를 볼 수 있는 것
> ─「외로움에 대하여」부분

시인은 마지막 행에서 '외로움을 모르는 건 서글픈 일'이라고 웅변하고 있다. 외로움은 자신만이 감내해야 하는 분명한 서러움이며 시간이 저절로 준 추억 덩어리들이다. 그 외로움은 언제나 잃음 혹은 헤어짐 후에 찾아온다. 자아는 그때서야 비로소 나를 만나고 볼 수 있는 것이라고 극강의 초탈함으로 표출한다.

서쪽으로 향하는 간이역 중에는 사랑역도 있다. 치통처럼, 결핵처럼 앓아야 했던 역이다. 그 역에는 진달래꽃이 만발했었고, 그 진달래꽃이 안타깝게 함몰해갔음을 자아는 스스럼없이 고백한다.

머물지 않고 떠나는 것에는
밑바닥 울림이 있다
처음으로 설레던 진달래 핀 계절
자주색 편지 색깔로 떠나갔다

— 「적멸의 희락」 부분

자아에게는 풋내를 풍기던 시절 어린 능금처럼 풋풋하게 익어가던 자주색 사랑이 있었다. 가슴 아린 기억이겠지만 은은하게 들려왔던 종소리처럼, 지금은 밑바닥 울림이 된 저 먼발치의 애틋한 사랑이었다. 「적멸의 희락」 마지막 행에는 이렇게 절규한다. '머물지 않고 흘러감이란 소멸이지만 성취'라고.

시인의 시어들은 공통적으로 종횡 혹은 수직으로 중첩 구조를 형성한다. '떠남'과 '만남', '머무름'과 '흘러감', '소멸'과 '성취'는 긴장감을 유발하는 충돌 관계의 추상명사들이다. 이러한 구조는 거의 모든 시에서 맥락을 같이한다.

그 집 마당 안에 환하게
가득했던 붉은 열정
가슴 설레던 자색 향기

— 「자목련」 부분

자아의 사랑앓이는 몇 번에 걸쳐 이어지고 있다. 사랑이 으레 그런 것처럼. 「자목련」은 젊은 시절 앓았던 열병을 에둘러 표현한 것이지만 서쪽으로 가는 기차에 몸을 실은 자아에게 아련함과 뚜렷함으로 기억되는 추억의 강변역이다.

시간이 지나 화석이 된 이야기가
가끔은
라일락꽃처럼 피어날 때가 있습니다
　　　　　　　　　　　―「화석이 된 노래」 부분

　살이에서 가장 애틋한 시간은 사랑역에 머물 때다. 누구든
잠시 머물다 어쩔 수 없이 떠난 사랑역이 있다. 시인 또한 어
쩔 수 없는 지나간 추억으로 되돌리고 다시 서쪽을 향해 길을
이어간다. 그러나 그 순간, 모든 추억들이 지금까지의 삶을
이어가는 연단의 시간들이었음을 분명하게 선언함으로 「기차
는 서쪽으로 간다」는 시인의 자전적 시로 분명한 자리매김을
하게 된다.

굴을 벗어난 기차는
강 안개 속으로 들어서고 있다
이번에도 기차는 그렇게 가려나 보다
이젠 돌아오는 사람들이 가득한
그래서 강을 거슬러 오르는 기차를 타야 하는데
지금도
내가 탄 기차는 서쪽으로 가고 있다
　　　　　　　　　　　―「기차는 서쪽으로 간다」 부분

　'굴', '강 안개 속'은 '연단과 시련'을 의미한다. 굴을 벗어
남으로 더 이상 시련과 연단이 없을 줄 알았는데, 이번에는
'강 안개 속'이다. 그래도 기차는 계속 서쪽으로 향하고 있
다. 이 상황에서는 '강을 거슬러 오르는 새로운 에너지'가 절

박하건만, 무정하게도 꾸역꾸역 '내가 탄 기차는 서쪽으로 가고 있다'. 이렇게 시인은 이미 되돌릴 수 없는 시간 위에 앉아 있음을 솔직하게 고백함으로 회고적 성격을 완성했다. 또 다른 간이역에 머물게 되었을 때 시인은 뜬금없이 「숯」을 구웠다.

> 혼쭐을 매달아
> 또 새롭게 한 세상을 맞는다
> 불타는 가마는 언제나
> 먼 곳 꿈을 꾼다
> …(중략)…
> 정제된 시간 치르고 나면
> 귀신도 무서워하는 영검을 담고
> 사뭇 현신한 새 삶을 맞는다
>
> ──「숯 굽는 시간」 부분

이번 간이역에서는 시인으로서의 삶을, 그 과정들을, 그 고뇌들을, 인생의 단면과 측면들을, 한가롭게 숯처럼 구우며 이율배반적 고함을 내지르고 있다. '혼의 숨결로 가두어진 공간', '흐른 시간을 되돌리는 집념'은 숯가마 안으로 뛰어든 자아를 의미한다. 그 곳에서 '천이백 도 고열'로 몸을 불사름으로 시인의 길을 선택했음을 분명하게 선언한다. 그렇게 정제된 자아는 '먼 곳 꿈을 꾸며' 숯가마를 벗어나 시인이 되었고 '현신한 새 삶을 맞으며' 자아 찾기에 돌입한다.

4. 미로의 미학 서정시, 그 꼭짓점 찾기

서정시는 시사적 전개 과정을 통해 그 본질과 특징을 명확하게 드러내왔다. 한용운은 절대적인 '님'을 통해 나라 잃은 울분, 혹은 나에게서 사랑이 떠남을 통분했고, 소월은 '정한'을 통해 민족의 정서를 한곳으로 모았다. 일제강점기 이후에는 보다 구체적인 상관물을 활용하여 모더니즘 계열 시와 리얼리즘 계열 시작법의 밑바탕으로 삼았다. 근대 서정시는 민중적 서정시, 도시적 서정시, 자연적 서정시 등으로 세분하여 보다 더 분명하게 자아를 제시한다. 이러한 시 작법은 현란할 정도로 치밀한 구조에 의해 구사된다.

> 갈 안개가 가득한 날이면
> 누군가에 무릎 꿇어 용서를 빌고 싶다
>
> ─「갈 안개」 부분

무릎 꿇고 용서를 빌고 싶을 때가 왜 하필이면 가을이고, 왜 하필이면 안개가 가득한 날이란 말인가?

단순명제를 구한다면 우리 민족에게 가을이라는 의미는 결실의 계절이 되고, 농자천하지대본의 기치 아래에서는 한 해를 되짚어보는 반성의 계절이 된다. 용서를 구하고 싶은 때가 있다면 이때가 가장 적합할 것이다. 안개는 딱 부러지게 자신을 드러내기 꺼리는 우리 민족의 특성을 구체화한 시어다. 이와 같은 시 작법을 활용한 시인의 또 다른 시를 살펴보자.

시간이 바람 속에서 졸고 있다
다 영근 풀씨들은 다 익은 언어에 업혀 있고
한 소식 닿은 만물들은 그간 써먹었던 이력서를 바람에
훌훌 던져버리고 있다.
　　　　　　　　　—「시간이 바람 속에서 졸고 있다」 부분

　시간은 화자가 되어 객관적 상관물들을 물끄러미 바라보고
있다. '영근 풀씨'는 물질의 은유다. '다 익은 언어'는 자아의
은유고 '한 소식 닿은 만물들은' 현실세계의 은유다. 그러므로
'그 동안 써먹었던 이력서' 즉, 한 인생의 갖가지 기억, 행위들
은 오로지 자아만이 알고 있는 것이 된다. 결국 자아는 모든
것을 바람에 '훌훌 던져버리고' 말없이 지켜봄으로 '시간은 바
람 속에서 졸고 있는 것'이 되는 것이다.
　이 논의가 서쪽을 향해 서서히 바퀴를 굴려가고 있는 자아
가 바라본 시간과 물질의 개념이다. 이러한 관점에서 「어머니
의 얼굴」에서는 '잔뜩 주름진 어머니의 얼굴'을 봄으로 한 세
대 전의 '할머니의 얼굴'을 자세하게 볼 수 있는 것이고, 또 어
머니를 추억함으로 할머니를 추억할 수 있는 것이 된다.

5. 자연 속에 함몰, 그 따뜻함

누구라도 내게 남아 있는 시간을 묻지 마시길
나는 헤아릴 수 없는 무한 사랑과
파도 같은 열정을 담은 가슴이 있으니까
열거할 수 없는 무한 키스를 하고 싶으니까
　　　　　　　　　—「사랑, 재단하지 말기」 부분

'내게 남아 있는 시간'은 '동쪽에서 훨씬 멀어진 서쪽에 이미 도달해 있음'을 의미한다. 자아에게는 무게를 달 수 없는 '무한 사랑'과 '파도 같은 열정을 담은' 시간이 역행하고 있고, 누구든 사랑하고 이해할 수 있으며 무한 키스를 퍼부을 수 있는 젊음이 내재되어 있다. 무한 키스는 '젊음'의 다른 말이며 현실의 자아다. 시인은 '내게 남아 있는 시간을 묻지 마'라면서 상반된 이미지인 '무한 사랑'과 '파도 같은 열정' '무한 키스'로 중첩 대비했다. 이처럼 시어들은 초지일관 회고적 성격을 지니고 있다. 자아는 서쪽으로 향하고 있음을 분명히 알고 있기 때문이다.

> 해 지는 강가 물끄러미 한 남자가 서 있다
> 사월을 담아 흐르는 강물 위로 시선이
> 가슴으론 채 풀지 못한 기억들이 흘러들었다
> …(중략)…
> 소리 내지 못한 그리움을 용서하자
> 서둘러 가버린 기다림도 용서하자
> 붉은 옷을 입은 석양마저 용서하자
>
> ─「강가에서」 부분

자아의 독백은 차라리 치기다. 따뜻한 치기다. 사월 어느 날, 홀로 강가에 서 있는 시인의 가슴에는 시린 사랑 한 조각만 남긴 채 떠난 여인도 있었을 것이고, 옆에 있다면 쥐어박아 주고 싶을 정도로 미운 사람, 원망스런 사람도 있었을 것이다. 하지만 푸른빛 감도는 사월의 자아는 모든 걸 포용하고 용서한다.

사월은 만물이 새 삶을 시작하는 달이다. 새 삶은 묵은 삶을 훌훌 털어버릴 때 분명한 모습으로 재탄생된다. 시인은 붉은 옷을 입은 석양 앞에 서서 아픔과 미움, 그리움, 기다림을 용서하고 모조리 떠내려보냈다. 강물은 이미 흘려보낸 것들을 되돌려주지 않는다. 이제 시인에게 남은 것은 용서뿐이다.

시인의 치기 서린 시어는 「바람과 풍경」에서도 여실히 드러난다. 시인은 다람쥐 쳇바퀴 돌듯 풍경 주위를 도는 바람을 동시 작법으로 풋풋하게 묘사했다.

> 뛰어온 바람은 자기 소리를 낼 수 있음에 겨워
> 높지 않고 낮지도 않은 자리에 걸터앉아
> 한 번은 위에서 아래로 겉돌아 지나고
> 한 번은 아래서 위로 휘돌아 나가고
> 또 한 번은 그 속에 한참을 머물다 나옵니다
> 그때마다 풍경은 새로운 소리를 만들어냅니다
>
> 저놈들, 저러다가 한 소식 하겠지요
>
> —「바람과 풍경」 부분

바람에게도 역할이 있다. 시인의 눈으로 바라본 바람은 타이어를 빵빵하게 부풀어 오르게 하는 물질문명의 한 부분이 아니다. 수선사지기에게 한 소식을 전해줄 자연의 바람이며 기다림의 바람이다.

글쟁이들에게 흔하게 나타나는 현상 중에 하나가 일탈이다. 시인도 예외가 아니어서 어느 날 시인은 훌쩍, 남애리로 왔다.

파도는 무엇이 노여워 종일 저리 떠드는 것일까
가슴 가득 분을 안고 이곳으로 달려왔건만
분노를 터트리는 그의 소리에 숙연하다
박꽃 미소를 띠던 그에게 위로받고자 하였으나
지금 그의 격한 감정을 달래느라
가져온 소주병을 하나둘 부어주고 있다

— 「파도 소리」 부분

남애리를 찾은 것은 가슴에 잔뜩 맺혀 있는 무엇인가를 훌훌 풀어버리기 위함이었다. 맺힘은 바다를 보아야만 비로소 녹아내릴 것 같았는데 뜻밖에도 파도는 잔뜩 화가 나 있다. 하필이면 바람이 심하게 이는 날 남애리를 찾아온 것이다. 그러나 시인은 격한 파도와 한 덩어리로 동화할 수 있는 피안의 눈을 지니고 있다. 소주병이 매개체다. 시인의 소주병에는 단순한 소주가 담겨 있는 것이 아니다. 절대 관념의 영역을 벗어난 관념 변증법적 포용이 채워져 있다. 파도에게 위로받지 못하면 파도를 위로해주면 되는 것이다. 그럼으로 시인과 파도, 자아와 자연은 한 덩어리로 승화되는 것이다.

시인의 일탈은 바다에서 그치지 않는다. 시인은 내륙 깊숙한 곳을 또 한 곳의 일탈 장소로 택했다.

나는 정선장에는 감자가 있어야 된다고 생각했다
그것이 끝남이 아니고 진행이기에
오후 시간에 서 있는 나는 길을 잃고 어지럽다
이젠 다시 어디에서 감자를 찾아야 할까
…(중략)…

해가 지는데
발걸음은 느려지고 의식은 빨라지고 있다
— 「정선장엔 감자가 없다」 부분

'정선장'은 '시원의 공간'을 은유했으며 '감자'는 '시어'를 은
유했다. 시인은 정선장(시원의 공간)에 이르러 하루 종일 감자
(시어)를 찾기 위해 고뇌한다. '그것이 끝남이 아니고 진행이
기에' 더욱더 그렇다. 그러나 시원의 공간(정선장)에 있어야할
시(감자)는 쉽게 찾을 수 없다. 그래서 오후 시간에 서 있는
나는 길을 잃고 어지러울 수밖에 없고, '해가 지는데 발걸음은
느려지고 의식만 빨라지고 있는' 것이다.
　시인은 자연을 통해 시적 동인을 구하고, 이를 구체화하기
위해 자연의 상관물을 활용하고 있음을 「묵은 감자」에서도 쉽
게 유추할 수 있다.

감자 껍질을 손톱으로 긁어낸다
느릿느릿 액체가 모여들었다
푸른 테 속살을 보인 그가
물끄러미 나를 바라본다
미리 썩어 영속을 얻지 못함이
끝내 눈물을 흘리고 있다
시간은 그에게도 애물이었나 보다
되돌아갈 수 없는 마술을 풀지 못한 채
그의 꿈도 시시포스가 되었다
— 「묵은 감자」 전문

시간 앞에서 눈물을 흘리는 감자, 푸른 테 속살을 보인 감자는 영속과 거리가 먼 죽어버린 감자다. 어쩔 수 없는 자연 속으로의 함몰은 보편적 공감 이전의 시인의 애환이기도 하다. 때문에 껍질이 벗겨진 감자의 꿈은 되돌아갈 수 없는 마술이며 결국 헛된 삶, 시시포스가 되고 마는 것이다.

시인의 자연과의 교감은 여기서 멈추지 않는다. 자연 어딘가에 묵묵하게 서 있는 서낭나무를 바라보며,

인간의 굴레와 가장 가까운 경계에 서 있는 너는
침묵하는 것이 기다리는 것이라고 말해줬다
　　　　　　　　　　　　　　　　　—「서낭나무」 부분

서낭나무는 그냥 서 있는 것이 아니다. 비록 침묵하고 있지만 끝없이 누군가를 기다리고 있다. 시인이 이미 '인간의 굴레와 가장 가까운 경계에 서 있다'고 갈파함으로 서낭나무는 인간의 애환을 침묵으로 들어주는 의인(擬人)이 된다. 그로써 서낭나무는 인간과 고뇌를 함께하는 동화된 자연이 되는 것이다. 「하판리」에 당도한 시인의 일성은 자못 감성적 감회를 앞세우고 있다.

그날, 하얀 별빛이
나에게 도착한 건 늦가을 밤이었다
　　　　　　　　　　　　　　　　　—「하판리에서」 부분

어느 늦가을 밤에 하판리를 찾아간 시인은 하얀 별빛을 바

라본 것이 아니라, 하얀 별빛이 나에게 도착했음을 말하고 있
다. 다른 시와 달리 도취를 사용한 「하판리」는 자연과 우주,
심미적 시원들이 시인에게 도착하고 있는 곳임을 우회적으로
표현하고 있다. 시인의 시원은 안면도에도 무한정 널려 있다.
「안면도에서 하루」는 시인의 일탈은 방종과 폐습이 아니라고
주장함으로 일탈과 자연은 곧 시적 욕망임을 설명한다.

> 의식은 파도에 휩쓸려 떠내려가고
> 푸른색으로 채색된 노래가 누워 있네
> 그 누구도 숨어서는 볼 수 없는 광야인지라
> 신명나게 한판 춤이라도 춰보려 하네
> …(중략)…
> 함껏 일탈을 음모한 꿈이었네
>
> ― 「안면도에서 하루」 부분

6. 맺는 말

> 오래전에 출발선을 떠난 꿈은
> 이번 곡우에도 썩지 못하는가 보다
> 부화의 몸짓을 하거나 또는
> 하늘을 나는 비상은 더욱더 아니었다
> 파란 안개 속을 맴돌다가
> 다만 제자리에 안도하는 반복
> 그때마다 소멸을 하나씩 붙여나갔다
> 꿈은 이번에도 연기처럼 자욱하다
>
> ― 「꿈」 전문

출발선을 떠난 자아는 처음부터 뭉게구름처럼 거대한 것이 아니라 갓 태어난 어린아이가 쥔 주먹처럼 소박한 것이었다. 자아는 이번 곡우에도 소멸되지 않았지만 소멸되기를 바라는 것도 아님을 자인한다. 「꿈」 자아의 솔직한 고해성사. 시인의 시어 찾기를, '파란 안개 속을 맴돌던 자아가 겨우 도달한 곳이 연기처럼 자욱한 꿈속, 그 자리 찾기의 반복'이라고 쓰디쓴 고백을 한다. '썩다' '아니다' '파란 안개' '맴돌다' '반복' '소멸' '연기'는 부정적 시어들이다. '부화' '하늘' '비상' 등과 대립적 이미지가 되어 시인의 정신적 고통과 절망을 동시에 부르짖고 있다. 시인은 「꿈」을 통해 비현실적 고뇌를 현실적으로 극명하게 표출했으며, 추상적 개념을 구체적 시각화로 표현했다. 첨언하자면 「꿈」은 양 극단의 독백이며 자아의 어쩔 수 없는 울부짖음이다.

　　멀리 있다가도
　　선득 다가와 서 있는 그는
　　어스름한 꽃의 절정처럼
　　가끔은 사월의 모습으로 찬란했다
　　펴치 못한 동행을 의식하는
　　순간, 찰나마다
　　새김질처럼 느껴야 하는 나락
　　길은 부스럼을 피워냈다

　　　　　　　　　　　　　　　　　　　—「동행」 전문

　시원의 공간에서는 「동행」이 필요하다. 반드시 사람일 필요는 없다. 자연과 동행이 마땅하다. 시원과 자연은 대립항이 아니기 때문이다. 자아가 자연이 되었을 때 시어는 꽃의 절정이 되고, 사월의 모습으로 찬란해지며, 부스럼처럼 일어선, 새김질하는 존재감이 된다.

「동행」을 통해 시인은 천연적인 순수함과 본성적인 따뜻함, 일탈적 사고와 자연과의 조화를 시원의 창고로 활용하고 있음을 알 수 있다. 또 '찬란했다', '피워냈다' 등의 과거진행형 시어를 사용하여 회고적 성격을 강하게 드러냈음도 알 수 있다. 이 또한 머물고 싶었던 순간들이 애석하게 서쪽으로 흘러가고 있음을 반어로 반복하고 있음을 쉽게 유추할 수 있다. 이는 「기차는 서쪽으로 간다」에서 나타난 주제가 모든 시어들의 일관된 주체라는 것을 다시 한 번 증명하는 것이다.

그러나 시인에게 주어진 여건이 모두 시어가 되는 것은 아니다. 시인은 계속 고독해져야 할 의무가 있다. 더 일탈해야 하며 미로 속에서 더 절망의 미궁 속을 헤매야 한다. 시원의 산책은 가시방석 위를 걷는, 고통스러운 절규 속으로 내몰린 벗은 발이다. 시인은 그 길 위를 걸으며 폐부를 쥐어뜯으며 비명을 질러야 한다. 시인의 그림자가 더 깊은 물속으로 침잠되기 전에, 자아의 기차가 더 서쪽으로 향하기 전에, 시인이 가슴으로 내지르는 절묘한 함성을 다시 듣고 싶다.

푸른시인선 004

기차는 서쪽으로 간다

초판 인쇄 · 2015년 12월 10일
초판 발행 · 2015년 12월 20일

지은이 · 이경석
펴낸이 · 한봉숙
펴낸곳 · 푸른사상사

주간 · 맹문재 | 편집 · 지순이 | 교정 · 김수란
등록 · 1999년 7월 8일 제2-2876호
주소 · 서울시 중구 충무로 29(초동) 아시아미디어타워 502호
대표전화 · 02) 2268-8706(7) | 팩시밀리 · 02) 2268-8708
이메일 · prun21c@hanmail.net / prunsasang@naver.com
홈페이지 · http://www.prun21c.com

ISBN 979-11-308-0590-0 03810

값 8,800원

푸른
시인선
004

기차는 서쪽으로 간다

이경석 시집